ה. ד. נאמבערג

צווישן טאַטע־מאַמע

פֿאַרלאַג „פֿ א ר ל א ג“ טור

© 2021 Farlag Press
All rights reserved.
Originally published in *Der Yud*, Krakow, 1902.

ISBN 9791096677092

Translation © Ollie Elkus and Daniel Kennedy 2021.
Design and typesetting: Daniel Kennedy.
Cover illstrations: Issachar Ber Ryback for *Kindervelt* by Boris Smolar, Warsaw, 1938.

This publication was made possible thanks to the generous support of the **Aaron and Sonia Fishman Foundation for Yiddish Culture**

www.farlag.com

HERSH DOVID NOMBERG
Between Parents

Translated by
Ollie Elkus
and
Daniel Kennedy

Farlag Press

Between Parents

I

Yitskhok, a boy of eleven, was in the middle of reciting Talmud. He was tripping up a lot and was surprised to find that the rebbe wasn't angry, but was helping him along. The rebbe's voice was soft as he spoke to him, which was not at all like usual. He was even more surprised to find that the stony-hearted rebbetsin, who was pacing in and out of the room, stopped each time to look at him and let out a sigh.

"He's gone tired, the poor thing," she said.

And to that the rebbe turned to Yitskhok and responded, "See to it that you learn this portion. You're traveling to Warsaw today, your father will quiz you on it."

צווישן טאַטע־מאַמע

—1—

יצחק, אַ ייִנגל פֿון עלף יאָר, האָט געהאַלטן אין מיטן זאָגן דעם שיעור. ער האָט זיך אַ סך מאָל פֿאַרהאַקט און אים איז אַ חידוש געווען, פֿאַר וואָס דער רבי בייזערט זיך נישט און העלפֿט אים אַלץ אונטער. דעם רבינס קול, אַז ער האָט גערעדט צו אים, איז געווען ווייך, גאָר נישט ווי געוויינטלעך. נאָך מער פֿאַרוווּנדערט האָט אים, וואָס די בייזע רביצין, גייענדיק אַריין און אַרויס פֿון דער שטוב, האָט זיך יעדעס מאָל אָפּגעשטעלט, געקוקט אויף אים און געזיפֿצט:

— ער איז שוין מיד, נעבעך ! — האָט זי געזאָגט.

דער רבי האָט אויף דעם געענטפֿערט יצחקן :

— זע צו קענען דעם שיעור. דו פֿאָרסט הײַנט אַוועק קיין וואַרשע. דער טאַטע וועט דיך פֿאַרהערן...

Hearing the word "father" the boy's heart sank. Ever since his mother and father had divorced he hadn't been able to say the word. However, at the phrase "traveling to Warsaw" his heart swelled up again. He felt as though he were dressed up in his finest Shabbes overcoat, looking fresh and clean. He could see the wagon driver, the fields and forests, then suddenly the train, whistling and forging onward... Meanwhile, he had forgotten where he was. The rebbe helped him find his place again and consoled him.

"Not to worry, Yitskhok, in Warsaw there are good teachers, very good... and your father will take good care of you. Alright then, keep going..."

But the boy couldn't keep going. His heart was heavy. And the ray of sun that was cast halfway over the Gemora was luring him to the street outside.

The clock showed a quarter to ten. They went to lunch at ten, and time was just barely ticking by.

The boy stammered out a lie, "My mother told me to come home early today."

און בײַ דעם וואָרט „טאַטע“ גיט דעם קינדס האַרץ אַ פֿעסטן קלאַפּ. ווײַל זינט די מאַמע האָט זיך געגט מיטן טאַטן האָט ער דאָס דאָזיקע וואָרט נאָך נישט אַרויסגערעדט. דערפֿאַר אָבער, בײַ די לעצטע ווערטער „פֿאָרן קיין וואַרשע“, ווערט אים פֿרייַלעכער אויפֿן האַרצן. ער פֿילט זיך אָנגעטאָן אין שבתדיקן פּאַלטנדל, ריין און פֿריש. עס שטעלן זיך אים פֿאָר: אַ בעל־עגלה; פֿעלדער און וועלדער; דערנאָך ערשט די באַן; עס פֿײַפֿט און מע פֿאָרט...

ער האָט דערווײַל פֿאַרגעסן, ווו ער האַלט. דער רבי ווײַזט אים אָן און טרייסט אים:

— זײַ נישט פֿאַרקנייטשט, יצחק. אין וואַרשע זײַנען דאָ גוטע מלמדים, גוטע... און דער טאַטע וועט אויף דיר אַכטונג געבן. נו, זאָג...

נאָר דעם קינד זאָגט זיך נישט. דאָס האַרץ קלעמט עפּעס און די שײַן פֿון דער זון, וואָס ליגט אויף אַ האַל־בער גמרא, רופֿט אויף דער גאַס אַרויס.

דער זייגער ווײַזט אַ פֿערטל אויף צען. אָנבײַסן גייט מען נאָך צען, און דער ווײַזער שלעפּט זיך גאָר פּאַמ־עלעך.

— די מאַמע האָט מיר געהייסן פֿרי אַהיימקומען...
— שטאַמלט דאָס קינד אַרויס אַ ליגן.

די מאַמע האָט אים, אייגנטלעך, גאָר נישט געזאָגט. אין דער פֿרי, אַ זייגער אַכט, אַז ער האָט זיך אויפֿגעהויבן

In reality his mother had said no such thing. Just that morning, at about eight, when he got up and noticed an old woman in the kitchen chopping fish, he pondered for a moment and asked himself just what was going on. The woman had looked at him askance, then said something to his mother in Polish so that he wouldn't understand. Then his mother had sent the maid to Mendl the Merchant to ask when he'd be traveling. When the maid had returned with the answer that he'd be catching the five o'clock train, his mother said to him:

"There's time, go to school."

He'd walked away, despondent. He'd surmised that his mother was getting married, but he didn't know for sure. He sat in *kheyde*r stewing it over, all hot and bothered as the hours dragged by without end.

The rebbe believed what he told him, but had him recite to the end of the portion. Yitskhok summoned all of his energy, wracked his brain, and eventually got through it. He focused, he immersed himself in the Gemora, and was pleased with his efforts. But the rebbe interrupted him:

און האָט דערזען אַז אין קיך אַן אַלטע יידענע האַקט פֿיש, האָט ער זיך פֿאַרוווּנדערט און געפֿרעגט, וואָס דאָס איז. די יידענע האָט אים אָנגעקוקט עפּעס קרום, דערנאָך גערעדט מיט דער מאַמען עפּעס אויף פּויליש, כּדי ער זאָל נישט פֿאַרשטיין. די מאַמע האָט באַלד געשיקט די דינסט צו מענדל סוחר פּרעגן, ווען ער פֿאָרט. און אַז די דינסט האָט געבראַכט דעם ענטפֿער, אַז ער פֿאָרט אַרויס צו דער פֿינפֿער באַן, האָט די מאַמע צו אים געזאָגט:

— ס׳איז נאָך צײַט. גיי אין חדר!

ער איז אַוועקגעגאַנגען זייער טרויעריק. ער האָט זיך משער געווען, אַז די מאַמע האָט חתונה, נאָר געוווּסט אויף זיכער האָט ער נישט. אַ גאַנצע צײַט זיצט ער דערִיבער אויפֿגערעגט און אומרויִק, און די שעהען אין חדר שלעפּן זיך גאָר אָן אויפֿהער. דער רבי גלייבט אים; ער הייסט אים נאָר זאָגן ביז צום ענין. יצחק נעמט צוזאַמען די גאַנצע ענערגיע, שטרענגט אָן דעם קאָפּ. עס געלינגט אים. ער פֿאַרטוט זיך, פֿאַרגעסט זיך אין דער גמרא און איז צופֿרידן. נאָר דער רבי האַקט איבער אין מיטן:

— יצחק, זאָלסט זאָגן דער מאַמען, זי זאָל מיר באַצאָלן פֿאַרן חודש. וויפֿל טעג האָבן מיר אין חודש? חנה, ווײַז דעם לוח!

"Yitskhok, tell your mother she should pay me for the month. How many days are there this month? Khane, show me the calendar."

The rebbetsin approached the table, moved her kerchief out of the way of her eyes, and said bitterly:

"You see?! Typical Khava! She should have paid you already! Go on, work with the little scoundrels for nothing! Because that's what you'll be doing! She needs a new silk dress for her wedding! She should have paid you already..."

She kept talking and cursing even more, flailing her arms as though she were throwing the curses out of her pinafore right at Yitskhok's head. Yitskhok sat there restlessly: his mother's wedding, traveling to his father's, the rebbetsin and her cursing his mother, it all gave rise to a mixture of emotions, and he wanted more than anything to leave the *kheyder* right then and there. He had already lifted one leg over the bench and looked to the rebbe with a plea in his eyes, but the rebbe wanted nothing more than to quiet the rebbetsin, so he told him to continue with the portion.

די רביצין גייט צו צום טיש, רוקט אַוועק דאָס טיכל פֿון איבער די אויגן און זאָגט בייז :

— זעסטו חווהטשע, ווער ס'קען זי נישט ?! זי לויפֿט דיר שוין באַצאָלן ! נאַ דיר, האָרעווע מיט די שקצים בחינם ! בחינם ברויך מען נאָך מיט זיי צו לערנען ! אַ ניי זײַדן חופּה־קלייד ברויך זי צו דער חופּה! זי לויפֿט דיר שוין באַצאָלן... — זי רעדט און שעלט נאָך אַ סך, און וואַרפֿט מיט די הענט, אַ שטייגער, ווי זי וואָלט די קולות אַרויסשיטן פֿון פֿאַרטעך אַרויס אויף יצחקס קאָפּ. יצחק זיצט זייער אומרויִק : דער מאַמעס חתונה, דאָס פֿאָרן צום טאַטן, די רביצין און איר זידלען די מאַמע האָבן אין אים דערוועקט אַ פֿאַרמישונג פֿון פֿאַרשיידענע געפֿילן, און ער וואָלט גערן, זייער גערן, שוין אַרויס פֿון חדר. ער זיצט שוין מיט איין פֿוס איבער דער באַנק און קוקט אויפֿן רבין מיט אַ פֿראַגע און מיט געבעט, נאָר דער רבי וויל פּטור ווערן פֿון דער רביצין און הייסט אים ווײַטער זאָגן ביז צום ענין.

יצחק מאַטערט זיך ווידער צו פֿאַרשטיין דעם ענין, אַרײַנטאָן זיך, נאָר דער מוח פֿאָלגט נישט און דאָס האַרץ זײַנס הייבט אָן גאָר פֿעסט צו קלאַפּן. ער פֿאַרווײַנט זיך פּלוצלינג אויפֿן קול.

די ייִנגלעך קוקן זיך אָן איינער דעם אַנדערן פֿאַרוווּנדערט. אין שטוב ווערט שטיל. עס הערט זיך

Yitskhok tried to understand the portion, to pour himself into it, but his brain refused to cooperate and his heart began to patter. Suddenly he began to cry. The boys looked at each other in astonishment and the room went still, so still you could hear the ticking of the clock, and the rebbetsin stopped mid-curse.

"Don't cry Yitskhok," said the rebbe. "In Warsaw there are good teachers, you'll do just fine. Go on, and remember to tell your mother she owes me for this month . . . "

The rebbetsin mumbled something quietly, but Yitskhok didn't hear her and ran out the door wiping his eyes with his sleeve.

It was a beautiful summer morning outside. His legs took off at a sprint as his heart tried to shake its burden. He saw Shmuelke, a thirteen-year-old study house brat, from a distance. He ran up to him and shouted with all his might:

"Shmuelke, Shmuelke! Did you know—my mother is getting married!" But he was frightened of his own words, and embarrassed. Shmuelke asked him if they were baking a cake. Yitskhok answered that he didn't know, and Shmuelke said with certainty in his voice,

דער „טיק־קאַק“ פֿון זייגער. די רביצין האָט זיך אָפּגע־שטעלט אין מיטן אַ קללה.

— ווייַן נישט, יצחק! — זאָגט דער רבי — ווייַן נישט, אין וואַרשע זייַנען דאָ גוטע מלמדים, וועסט זיך אָרנטלעך אויפֿירן... נו גיי, געדענק צו זאָגן דער מאַמ־ען, ס׳קומט מיר פֿאַר אַ חודש...

די רביצין מורמלט עפּעס נאָך שטיל, נאָר יצחק הערט נישט און לויפֿט שנעל אַרויס פֿון דער טיר ווישנדיק מיטן אַרבל די אויגן.

אין דרויסן איז אַ שיינער זומער־מאָרגן. די פֿיס דערהייבן זיך צו לויפֿן. און דאָס פֿולע האַרץ וויל לויז ווערן פֿון אַ משא.

ער דערזעט פֿון דער ווייַטן שמואלקען, אַ דרייַצן־יאָריקן בית־מדרש לאָבוס. ער לויפֿט אים נאָך און שרייַט מיטן גאַנצן כּוח:

— שמואלקע, שמואלקע! ווייסט, מייַן מאַמע האָט חתונה!

נאָר ער דערשרעקט זיך פֿאַר זייַנע אייגענע ווערטער און שעמט זיך. שמואלקע פֿרעגט זיך, צי מען באַקט לעקעך. יצחק ענטפֿערט, אַז ער ווייסט נישט, און שמואלקע זאָגט מיט אַ זיכער קול:

— מען באַקט, אַוודאי באַקט מען! ברענג, יצחק, וואַרט, איך וועל דיר שוין עפּעס געבן!

"They're baking one, of course they're baking one! Bring me some, Yitskhok, wait—I want to give you something!"

"I'm going to Warsaw," answered Yitskhok with a little pride in his voice.

He tried to lose Shmuelke and run home, but Shmuelke didn't let him.

"Let me go already," said Yitskhok, "You think I'm a thief, just like you!"

Shmuelke gave him a kick in the leg and ran away. Hobbling on one foot, Yitskhok arrived home.

— איך פֿאָר קיין וואַרשע — ענטפֿערט יצחק מיט אַ ביסל גאַווה. ער וויל שוין פּטור ווערן פֿון שמואלקען און לויפֿן אַהיים, נאָר שמואלקע לאָזט אים ניט.

— לאָמיך געמאַכט ! — זאָגט יצחק. ער מיינט, כ'בין אַ גנבֿ, פּונקט אַזוי ווי ער !

שמואלקע גיט אים אַ קאָפּע מיטן פֿוס און אַנטלויפֿט.

אונטערהינקענדיק אויף אַ פֿוס קומט דאָס קינד אַהיים.

II

The kitchen was filled with the smells of all kinds of Shabbes dishes. The stove was covered in large pots. Fish blistered in simmering pans. The fire was crackling.

His mother, wearing a woolen dress, her Shabbes wig and a new white apron, stood by the front door talking to the old woman, discussing apples. When she saw Yitskhok she asked:

"What are you doing home so early?"

Yitskhok remembered that he had lied to get out of class and didn't know how to respond. Going to his mother, kissing her hand and simply saying "good morning" was not an option. The old woman looked at Yitskhok and said

—2—

אין קיך טראָגט זיך אַ ריח פֿון פֿאַרשיידענע שבתדיקע מאכלים. אויפֿן קוימען שטייען גרויסע טעפּ. אויף דער פֿאַן פֿיש הייבן זיך גרויסע בלאָזן. דאָס פֿייַער קנאַקט.

די מאַמע, אָנגעטאָן אין וואָלענעם קלייד, אין שבת־דיקן פֿאַרטוך און אין אַ נייַעם ווייַסן שירץ, שטייט בייַ דער טיר און רעדט מיט דער ייִדענע וועגן עפּל. דער־זעענדיק יצחקן פֿרעגט זי: — וואָס עפּעס אַזוי פֿרי?

יצחק דערמאָנט זיך, אַז ער האָט ליגן געזאָגט און ווייסט נישט וואָס צו ענטפֿערן. צוגיין און קושן דער מאַמעס האַנט און זאָגן „גוט מאָרגן!“ — קאָן ער עפּעס נישט. די ייִדענע קוקט אויף אים און רעדט צו דער מאַמען עפּעס אויף פּויליש; די מאַמע ענטפֿערט:ביידע קוקן אויף אים; די ייִדענע פֿאַרקרימט איר גערונצלט

something to his mother in Polish. His mother answered, then they both stared at the boy. The old woman contorted her wrinkled face and Yitskhok did not know if this was an attempt at smiling, or something else. He stood rooted to the spot, afraid to touch anything, as if he were at his uncle Yerukhem's, in the large parlor where everything was nice and neat, where he wasn't able to take a step without his cousins following him.

He ate lunch—a plain, normal lunch—in the next room, not taking his eyes off the door for fear that his mother would come in to ask him something while he had his mouth full and he'd be unable to answer her. So he took tiny bites just in case. But there was something different about the house, about his lunch, and even about his mother. It all seemed off.

His mother entered and Yitskhok held his breath. She came closer and sat down on the chair next to him in her woolen dress. Yitskhok was confused. He began to feel light-headed, and the bread slipped out of his hand. He tried to catch it but his weight shifted and the chair toppled over. Yitskhok came crashing down

פנים און יצחק ווייסט נישט, צי זי וויל שמייכלען אָדער עפּעס אַנדערש טאָן. ער שטייט אַלץ נאָך אויף איין אָרט און האָט זיך מורא צוצורירן צו עפּעס, אַ שטייגער ווי ער וואָלט זיך געפֿונען בײַם פֿעטער ירוחם אין דער גרויסער סאַלע, וווּ אַלץ איז שיין און רײַך, און דאָך קען ער קיין טריט נישט מאַכן אָן דעם פֿעטערס ייִנגלעך.

דאָס אָנבײַסן, אַ פּראָסט וואָכעדיק אָנבײַסן, עסט ער אין דער אַנדערער שטוב און איז זייער אומרויִק. ער לאָזט קיין אויג נישט אַראָפּ פֿון דער טיר און האָט מורא, די מאַמע זאָל נישט אַרײַנקומען אין מיטן עסן: ער וועט פֿונקט האָבן אַ פֿול מויל און וועט איר נישט קענען ענטפֿערן; ער מאַכט דעריבער קליינע ביסן. עפּעס איז דאָס אָנבײַסן קיין אָנבײַסן נישט, די שטוב קיין שטוב נישט, און די מאַמע קיין מאַמע נישט!

די מאַמע קומט אַרײַן און יצחקן ווערט דער אָטעם פֿאַרהאַלטן. די מאַמע גייט צו, זעצט זיך אַנידער אין וואָלענעם קלייד נעבן אים אויף אַ בענקל. יצחק ווערט צעמישט. פֿאַר די אויגן שווינדלט אים. די זעמל פֿאַלט אים אַרויס פֿון דער האַנט. ער וויל זי כאַפּן, נאָר ער גיט זיך עפּעס אַ מאָדנעם ריר און קערט איבער דאָס בענקל. ער אַליין פֿאַלט אויך, אַ ביסל אומגערן, אַ ביסל גערן, וויליק, ווײַל ער פֿילט, אַז צו בלײַבן שטיין אויף איין אָרט טויג עפּעס נישט פֿאַר אים.

די מאַמע שרײַט:

along with the chair, partly by accident, but also partly on purpose because he couldn't sit still for another moment.

His mother shouted:

"You little devil! What's the matter with you anyway? Do you even know?"

Yitskhok picked up the chair and thought to himself that his mother was right: he didn't know what was wrong with him, but that wasn't his fault, it was his mother's—why did she have to get remarried?

"Really," he mused, standing alone in the room, "why did his mother need to get remarried and complicate everything?"

He remembered that lately his mother had been complaining to Uncle Yerukhem about money problems, that the Gentile shop had been eating into her earnings, and Uncle Yerukhem let out a heavy sigh and said: "Times are tough, God have mercy on us." Yitskhok surmised that his mother was getting married for the money. How a wedding would affect earnings in the shop, or make the times any less tough was unclear to Yitskhok, but that must be the explanation. Why else would his mother be getting married?

— דו, ווילדע בריה ! ער ווייסט דען, וואָס מיט אים טוט זיך ?

יצחק הייבט אויף דאָס בענקל און טראַכט, אַז די מאַמע איז גערעכט: ער ווייסט טאַקע נישט, וואָס מיט אים טוט זיך. אָבער דאָס איז ער נישט שולדיק, נאָר די מאַמע אַליין ; צו וואָס האָט זי דען חתונה ?

— אין אמת אַריַין — פֿילאָסאָפֿירט ער, בלײַבנדיק אַליין אין שטוב — צו וואָס טויג דאָס דער מאַמען חתונה האָבן און אָנמאַכן אַזאַ פֿאַרמישונג ? ער דער־מאָנט זיך, אַז אין דער לעצטער צײַט האָט די מאַמע זיך געקלאָגט פֿאַרן פֿעטער ירוחם אויף פּרנסה, אַז דאָס גוייִשע געוועלב האָט צוגענומען דאָס גאַנצע לייזעכץ, און דער פֿעטער ירוחם האָט זייער שווער אָפּגעזיפֿצט און געזאָגט :

— ביטערע צײַטן ; גאָט זאָל זיך דערבאַרעמען !

און יצחק איז זיך איצט משער, אַז די מאַמע האָט חתונה, בדי צו האָבן פּרנסה. אַ וווּנדער איז אַפֿילו, ווי אַזוי פֿון דער חתונה וועט אַרויסקומען פּרנסה, און די צײַט וועט שוין ניט זײַן ביטער :

— נאָר אַז נישט, וואָלט דאָך די מאַמע נישט חתונה געהאַט ! צו וואָס ?

די מאַמע קומט ווידער אַרײַן פֿון קיך מיט אַ פּלאַטע פֿיש איןביידע הענט, און יצחק פֿילט עפּעס אַ מין רחמנות אויף דער מוטער, וואָס דאָס גוייִשע געוועלב

His mother returned from the kitchen carrying a platter of fish in both hands, and Yitskhok was overcome by a feeling of pity for his mother because the Gentile shop was chipping away at her living, and times were so tough that she was forced to remarry . . . His eyes filled up with tears.

His mother sat down and called him over: "Yitskhok!"

Like everything else, there was something different about his mother's voice; it sounded alien to the child's ears, like an echo. At first Yitskhok pretended not to hear and continued hunting flies on the windowpane.

"Yitskhok!" his mother scolded him. "I'm calling you and you're just standing there, what's going on with you?"

Yitskhok went over and sat down, not knowing what to do with his hands, unsure where to put them.

"Do you know where you're going?"

Yitskhok did not respond.

"I'm asking you a question! Why don't you answer me? Do you know where you're going?"

נעמט איר צו דאָס גאַנצע לייזעכץ, וואָס זי האָט אַז־עלכע ביטערע צײַטן און מוז חתונה האָבן... אין די אויגן שטעלן זיך אים טרערן.

די מאַמע זעצט זיך און רופֿט אים צו:

— יצחק!

דער מאַמעס קול איז, ווי אַלץ אַרום, גאָר נישט ווי אַלע מאָל. עס קלינגט אין דעם קינדס אויערן פֿרעמד, ווי אַ ווידערקול. יצחק מאַכט זיך צום ערשטן מאָל נישט הערנדיק און כאַפּט פֿליגן אויף דער שויב.

— יצחק! די מאַמע רופֿט אים, און ער שטייט! וואָס איז דאָס? — זאָגט די מאַמע מיט פֿאָרוווּרף.

יצחק גייט צו, שטעלט זיך אַנידער און ווייסט נישט, וואָס ער האָט צו טאָן מיט די הענט זײַנע, ווו מען האַלט זיי.

— דו ווייסט וווהין דו פֿאָרסט?

יצחק ענטפֿערט נישט.

— איך פֿרעג דאָך דיך! פֿאַר וואָס ענטפֿערסטו נישט? ווייסט וווהין דו פֿאָרסט?

יצחק לאָזט טיפֿער אַראָפּ די אויגן. די מוטער ווערט בייז:

— איך פֿרעג דאָך דיך, שגץ! האָסטו געזען? פֿאַר וואָס ענטפֿערסטו נישט?!

Yitskhok lowered his gaze even further. His mother grew angry:

"I'm asking you a question, you little scut! You hear me, why won't you say something?"

Yitskhok burst into tears again, and his mother stormed out with an angry whisper: "Just you wait!"

Yitskhok was left alone with nothing to do. But he was out of luck: there were no more flies on the window panes to distract him, and he was afraid to go into the kitchen. The bedroom was locked, his mother having forbidden him from going in there; he felt trapped from all sides. When would Mendl the Merchant get there?

He took out his new coat, put it on, and went over to the mirror. Scrunching his face, and wagging a finger at his reflection in the mirror, he said:

"You little devil! You little devil! Do you even know what's wrong with you? If I've told you once, I've told you a thousand times, baah!..."

Then the maid came through. She was a lively young girl, and sang the sweetest songs. Yitskhok wanted to ask her to sing him

יצחק פֿאַרווײנט זיך ווידער. די מאַמע גייט בייז אַרויס פֿון שטוב מיט אַ שטילן, צאָרנדיקן: „וואַרט!“

יצחק בלײַבט אַליין און האָט נישט וואָס צו טאָן. פֿליגן איז, ווי אויף צו להכעיס, נישט דאָ קיין איינע אויף די שויבן. אין קיך האָט ער מורא אַרײַנצוגיין. די לעצטע שטוב, וווּ די בעטן שטייען, איז פֿאַרמאַכט: די מאַמע האָט געהייסן דאָרט נישט אַרײַנגיין, און ער פֿילט זיך פֿאַרשפּאַרט פֿון אַלע זײַטן.

— ווען וועט שוין מענדל סוחר קומען?

ער נעמט אַליין אַרויס דאָס נײַע פּאַלטנדל, טוט עס אָן, גייט צו צום שפּיגל, ער פֿאַרקרימט דאָס פּנים און זאָגט, טײַטנדיק מיטן פֿינגער אין שפּיגל אַרײַן:

— דו, ווילדע בריה! דו, ווילדע בריה! ער ווייסט דען, וואָס מיט אים טוט זיך? כ׳האָב דיר באַלד געזאָגט: *מע־ע...*

די דינסט, אַ מיידל אַ גיכס, וואָס קאָן זינגען גאָר שיינע לידעלעך, גייט דורך. יצחק וואָלט זי געבעטן, זי זאָל אים זינגען אַ לידל, נאָר זי אײַלט זיך. דאָס מיידל, דורכגייענדיק, דערזעט אויפֿן נײַ־אויסגעפּוצטן שפּיגל פֿלעקן פֿון יצחקס פֿינגער. זי גיט אַ שלײַדער און זאָגט:

— צו אַל די שוואַרצע יאָר! ווען וועט מען שוין דײַנער פּטור ווערן?

יצחק ווערט בייז און ענטפֿערט:

something, but she was in a hurry. The girl, spotting Yitkhok's grubby fingerprints on the newly polished mirror, lashed out at him and said:

"Oh for the love of God! When are we gonna just get rid of you!"

"You *shikse*! You think I don't know what..."

But in fact he could not think of anything that she'd done to warrant reproach, and so he simply glared at her angrily.

The maid gave him another shove but Yitskhok rushed forward, clamped his teeth around her hand, and bit down long and hard. The maid screamed; his mother rushed in to see what the commotion was. The old woman stood by the doorway with a half-peeled carrot in her hand. His mother said in a low growl:

"May we never have to see children the likes of you again, God in heaven!"

And that "God in heaven" lay heavy on the child's heart. He grew sad and took his place at the table without a word.

— דו, שיקסע דו! זי מיינט, איך ווייס נישט, אַז...

נאָר ער ווייסט אייגנטלעך נישט, וואָס אַזוינס די דינסט האָט געטאָן, מיט וואָס מען זאָל זי קאָנען זידלען, און קוקט נאָר צאָרנדיק אויף איר.

די דינסט גיט אים נאָך אַ מאָל אַ שטופּ. יצחק לויפֿט צו, כאַפּט איר האַנט צווישן זײַנע ציין און בײַסט לאַנג און פֿעסט. די דינסט שרײַט. אין שטוב ווערט אַ גערודער. די מאַמע קומט אַרײַן. די ייִדענע שטייט בײַ דער טיר מיט אַ האַלב־אָנגעהויבענעם מער אין דער האַנט.

די מאַמע זאָגט שטיל, נאָר מיט צאָרן:

— אַז מען זאָל אַזעלכע קינדער נישט קענען, רבונו־של־עולם!

און דער *רבונו־של־עולם* לייגט זיך אויפֿן קינדס האַרץ שווער ווי אַ שטיין. ער ווערט טרויעריק און זעצט זיך שטיל בײַם טיש.

III

From the kitchen they heard the door fly open, and Mendl the Merchant's booming voice reverberated throughout the house.

"Well, where is he? Let's go!"

"Here!" Yitskhok stood up from where he was sitting, eager to get a move on.

But nobody heard him. Mendl the Merchant was in a terrible hurry. Yitskhok's mother called Mendl aside and talked to him in a hush. Mendl nodded hastily and his black beard creased over his chest with each nod. "Just like my father," Yitskhok thought, "only my father's beard has more gray hair."

Yitskhok's mother handed Mendl a small bag of clothing, put two pieces of bread in

–3–

פֿון דער קיך דערהערט זיך אַ פֿעסטער עפֿן די טיר און מענדל סוחרס ברייט קול לייגט זיך איןביידע שטובן :

— נו, ווּ איז ער ? גיכער !

— דאָ! — כאַפּט זיך יצחק אויף פֿון אָרט און וויל עפּעס טאָן.

נאָר קיינער הערט אים נישט. מענדל סוחר איַילט זיך זייער. די מאַמע רופֿט אים אַוועק אין אַ זײַט און רעדט צו אים שטיל. מענדל שאָקלט איַילנדיק צו מיטן קאָפּ אויף „יאָ“ און זײַן שוואַרצע באָרד קנייטשט זיך אויף זײַן ברוסט בײַ יעדן שאָקל.

— פּונקט אַזוי ווי דער טאַטע... — טראַכט יצחק — נאָר אין טאַטנס באָרד זײַנען דאָ אַ סך גרויע האָר...

די מאַמע דערלאַנגט מענדלען אַ קליין פּעקל וועש ;

each of Yitskhok's pockets, then bent down to kiss him. A shudder went down Yitskhok's spine, his stomach churned, and he quickly flinched, bringing his hands to his face as though to shield himself from something. His mother glared at him, and a rage flared up in her eyes...

"Alright then, travel safe..."

Yitskhok's stomach turned over again. He ran over to his mother's hand, closed his eyes and kissed long and hard with all his might.

"So long, *Mame*!"

When he got to the door he wanted to turn around to take one last look at his mother, but he was afraid. Seeing the wagon driver in the street he sighed then took a deep breath, filling his chest with air.

As he settled in, the wagon driver gave a whip of the reins and the houses began to vanish behind them. Yitskhok, who was sitting next to Mendl the Merchant facing the horses, turned back around and watched as Khayim the *Shames* walked into their house, and he wondered what that was about. Soon they reached the end of the street and started

יצחקן לייגט זי איןביידע קעשענעס אַריַין צוויי שטיק־לעך לעקעך און זי בייגט זיך איַין אים צו קושן.

יצחקן גייט דורך איבערן גוף אַ שוידער. בײַם האַרץ האָט זיך עפּעס אַ קער געטאָן. ער כאַפּט פּעסט ביידע הענט צוריק צו זיך, ווי צום שיצן זיך פֿון עפּעס. די מאַמע קוקט אויף אים בייז. אַ שלעכטקייט שפּראָצט פֿון אירע אויגן.

— נו, פֿאָר געזונטערהייט...

בײַ יצחקן גיט זיך ווידער עפּעס אַ קער בײַם האַרץ. ער לויפֿט צו צו דער מאַמעס האַנט, מאַכט צו די אויגן און קושט לאַנג און מיטן גאַנצן כּוח:

— בלײַב געזונט, מאַמע!

בײַ דער טיר וויל ער זיך נאָך אַ מאָל אויסדרייען און וואַרפֿן אַ בליק אויף דער מאַמען, נאָר ער האָט מורא. דערזעענדיק דעם בעל־עגלה אויף דער גאַס, זיפֿצט ער אָפּ און אָטעמט איַין אַ פֿולע ברוסט.

אין מיטן אויפֿזעצן זיך האָט שוין דער בעל־עגלה אַ שמיץ געגעבן דאָס פֿערד און די הײַזער האָבן זיך אָנגעהויבן צוריקן. יצחק, וואָס זיצט נעבן מענדל סוחר מיטן פּנים צום פֿערד, דרייט זיך נאָך אַ מאָל אויס. דער־זעט, חיים שמשׂ גייט אַרײַן אין זייער הויז, איז ער זיך משער צו וואָס.

באַלד ענדיקט זיך די גאַס און עס הייבט זיך אָן דער שאָסיי. די פֿעלדער מיט די קורצע, אָפּגעשניטענע

along the main road. Fields of short cut straw wound around them as they got closer to the cemetery.

Yitskhok's eyes searched and tried to find the place where his younger brother Khayim lay cloaked in white burial shrouds and submerged in soil. As he searched, mounds of dirt passed before him row by row, and a silent gloom lodged itself in his heart.

His eyes grew heavy and an image crept into his mind; it was of people lying out on a vast and distant field, arranged in rows like tranquil soldiers. They held their hands flat against their legs—"Attention!" He, Yitskhok, was an officer shouting loudly with a booming voice, and all the hands rose into the air, and all around there was nothing to be seen but raised hands standing as straight as a line ... Then a peasant woman came with a scythe, cutting and gathering her harvest into bales. As Yitskhok opened his eyes he saw his hands and was pleased to find that they were still there. The cemetery was behind him now. The road stretched out straight, bordered by trees at either side. Small clouds traversed the sky. Their

שטרויען דרייען זיך און דער בית־עלמין רוקט זיך אַלץ צו נענטערן.

יצחק זוכט מיטן אויג און וויל געפֿינען דאָס אָרט, ווו זײַן יונג ברודערל חיים ליגט, אָנגעטאָן אין ווײַסע תּכריכים, צוגעשאָטן מיט ערד. זוכנדיק, שטעלן זיך אים פֿאָר גאַנצע שורות בערגלעך ערד, און אויפֿן האַרץ לייגט זיך אַ שטילער טרויער. די אויגן פֿאַלן אים צו און אין מוח וועבט זיך אויס ביסלעכווײַז אַ בילד : אויף אַ ווײַטן, ברייטן פֿעלד ליגן אויסגעסדרט מענטשן ; שרענגעסווײַז ליגן זיי אויף דער ערד, ווי סאָלדאַטן רוּיִק : זיי האַלטן די הענט בײַ די פֿיס גלײַך, „סמירנאָ!“ ער, יצחק, איז אַן אָפֿיציר און שרײַט הויך הויך אויפֿן קול ; אַלע הענט הייבן זיך אויף ; אַרום און אַרום זעט מען נאָר אויסגעשטעלטע הענט, וואָס שטייען גלײַך ווי אַ ליניע... דערנאָך קומט אַ גויע מיט אַ קאָסע און שנײַדט, און מאַכט בינטלעך. עפֿענענדיק די אויגן דערזעט ער זײַנע הענט און האָט הנאה צו קוקן אויף זיי. דער בית־עלמין ליגט שוין הינטער אים. דער שאָסיי ציט זיך גלײַך באַפֿלאַנצט פֿון ביידע זײַטן מיט ביימער. איבערן הימל ציען זיך שטיקער וואָלקנס. איבערן שאָסיי לויפֿט אַלע ווײַלע אַריבער דער שאָטן און ער לויפֿט אַ סך גיכער ווי דער וואָגן, כאָטש דער בעל־עגלה אײַלט צו דער באַן, און אַלע האָבן מורא, מען זאָל נישט פֿאַרשפּעטיקן.

shadows ran along the street much quicker than the wagon, though the wagon driver was rushing to the train and everyone was afraid of being late.

The train left the station at five. Mendl the Merchant bought Yitskhok a child's fare and told him that he should tell the conductor "*osiem lat,*" which meant "eight years old" in Polish, and to try and make himself look smaller. He sat in the corner of the train car and cowered.

It began to get dark. His half-shut eyes saw nothing but the smoke that wafted through the air of the train car, dispersing into every corner, lonely and neglected, like an orphan. The only thing he could make out amid the smoke was his sack of clothes and Mendl's travel chest. The train car rattled and through the clamor of conversation all Yitskhok heard was muddled words. A man asked, "Who is that boy?"—and pointed his finger. Yitskhok was scared to hear the answer and shrunk closer against the wall. Then there was a sigh, a voice moaning and saying the words, "hard times." There was talk of "bankruptcy." Yitskhok didn't

די באַן גייט אַוועק פֿון דער סטאַנציע אַרום פֿינף. פֿאַר יצחקן האָט מענדל סוחר נאָר אַ האַלבן בילעט גענומען און אים אָנגעזאָגט, אַז ער זאָל זאָגן דעם קאָנטראַקטאָר „אָשיעם ליאַט", און זאָל זיך מאַכן קליין. ער זיצט אין וואַגאָן אין ווינקעלע און שרעקט זיך זייער.

עס הייבט אָן טונקל צו ווערן. זײַנע האַלב פֿאַרמאַכטע אויגן זעען נאָר אַ רויך, וואָס טראָגט זיך אין דער לופֿט פֿון וואַגאָן, און קערט זיך אין אַלע זײַטן פֿאַרלאָזט און עלנט, אַ שטייגער ווי ער וואָלט קיין טאַטע־מאַמע נישט געהאַט. פֿון רויך קוקט נאָר אַרויס אין אַ זײַט דאָס פּעקל וועש, מענדלס רײַזע־קעסטל. דער וואַגאָן קלאַפּט און פֿון געשפּרעך דערהערט יצחק נאָר אָפּגעהאַקטע ווערטער. עפּעס אַ ייִד פֿרעגט:

— ווער איז דאָס ייִנגל?

און טײַט מיטן פֿינגער.

יצחק האָט מורא צו הערן דעם ענטפֿער און רוקט זיך פֿעסטער צו צו דער וואַנט. עס הערט זיך אַ זיפֿץ. עפּעס אַ קול קרעכצט און זאָגט:

— ביטערע צײַטן!

מען רעדט וועגן באַנקראָטן. יצחק פֿאַרשטייט נישט, וואָס דאָס איז אַזוינס, נאָר משער איז ער זיך, אַז דאָס מוז זײַן עפּעס גאָר־גאָר שלעכטס, וואָס טרעפֿט זיך נאָר אין ביטערע צײַטן. אַן אַנדער קול קרעכצט אויך און

understand what this meant, but he supposed that it must be something very, very bad, that only happened during hard times.

Another voice moaned too and said that the Messiah must be coming, since there was no work, no work at all . . . and new decrees had been passed . . . Yitskhok became deeply saddened in his soul. He couldn't help but think that the hard times would last for quite a while, all the businesses would go belly up, all the young boys would be without jackets, and all the young girls would go barefoot, without shoes, and they'd shout, "I'm hungry!" and the mothers and fathers would sigh, "There's no money, God have mercy."

He opened his eyes and looked around. Every face around him looked terribly sullen, and he felt pity for all of them, even for Mendl the Merchant. But he did not forgive him for the fact that he'd only bought him a child's fare and for himself a ticket at full price.

The train came to a stop. People got on and off the train car, dragging their luggage behind them, and a voice from somewhere asked loudly.

זאָגט, אַז ס׳מוז זײַן משיחס צײַטן, אַז קיין פּרנסה איז נישטאָ... נײַע גזרות קומען אויף... און יצחקן ווערט זייער, זייער טרויעריק אויף דער נשמה. עס שטעלט זיך אים פֿאָר, אַז די ביטערע צײַטן וועלן לאַנג דויערן. אַלע געוועלבער וועלן ווערן ליידיק. אַלע ייִנגלעך וועלן גיין אָן קאַפּאָטלעך. אַלע מיידלעך — באָרוועס, אָן שיך, און וועלן שרײַען:

— עס הונגערט מיך!

און די מאַמעס און די טאַטעס וועלן זיפֿצן:

— ס׳איז נישטאָ קיין פּרנסה... גאָט זאָל זיך דערבאַרעמען...

ער עפֿנט אויף די אויגן און קוקט זיך אום. די אַלע פּנימער ארום זעען אים אויס זייער פֿאַרביטערט, און אים ווערט אַ רחמנות אויף אַלע, אויף מענדל סוחר אויך. ער איז אים איצט נישט מוחל, וואָס ער האָט פֿאַר אים גענומען נאָר אַ האַלבן בילעט און פֿאַר זיך אַ גאַנצן.

דער צוג שטעלט זיך. מען גייט אַרײַן און אַרויס פֿון וואַגאָן. מען שלעפּט פּעקלעך. עפּעס אַ קול פֿרעגט הויך:

— האַ! וואָס מאַכט מען, הענעך?

—געלויבט השם יתברך! — ענטפֿערט אַן אַנדער קול.

"Ah, how's it going Henekh?"

"Blessed be the Name!" answered another voice.

"Have you got work? How's it going for you?"

"Just fine, blessed be the Name!"

Yitskhok's blue eyes looked at the man with affection, and if he hadn't been so embarrassed he'd have said to him, "You're a good Jew, Mister. You've got work, blessed be the name, blessed be the Name . . ."

The train traveled on, and Yitskhok went over to the window and took a look outside. It began to get darker and darker, and the shapes of the trees and fields slowly vanished into darkness. The telegraph wires were no longer visible and the telegraph poles hopped away one after the other, hiding in the distance. Ruddy clouds swept through the sky, and every once in a while a fire sparked up. The fires trembled and sprang, and the darker it got the more of them there were. The poles could hardly be seen anymore. The sky and the earth merged together in a single black mass, and the train found itself between two walls of earth. It was dark as far as eyes could see, terribly dark, and

— האָסט פּרנסה? ווי גייט עס דיר?

— נישקשה, געלויבט השם יתברך!

און די פּאָר בלויע אויגן, יצחקס, קוקן אויף דעם ייִד מיט ליבשאַפֿט. וואָלט ער זיך ניט געשעמט, וואָלט ער דעם ייִדן געזאָגט:

— איר זייַט אַ גוטער ייִד, ר׳ ייִד! איר האָט פּרנסה, געלויבט השם יתברך, געלויבט השם יתברך...

דער צוג האָט ווייַטער געריררט.

יצחק איז צוגעגאַנגען צום פֿענצטערל און גענומען אַרויסקוקן. עס האָט אָנגעהויבן אַלץ טונקעלער צו ווערן און אין דער טונקלקייט האָבן זיך ביסלעכווייַז פֿאַרלוירן די געשטאַלטן פֿון די ביימער און פֿון די פֿעלדער. די טעלעגראַף־דראָטן האָט מען שוין נישט אַרויסגעזען, נאָר די סלופּעס זייַנע אַװעקגעשפּרונגען איינער נאָכן אַנדערן און האָבן זיך באַהאַלטן. איבערן הימל האָבן זיך געשלעפּט נאָך אַ ביסל רויטלעכע וואָלקנס. פֿון דער וויַיטן האָט צייַטנווייַז אַ פֿינקל געגעבן אַ פֿייַער, עס האָט געציטערט און געשפּרונגען, און וואָס פֿינצטערער עס איז געוואָרן, אַלץ מער פֿייַערלעך האָבן געציטערט. די סלופּעס האָט מען שוין קוים דערזען. הימל און ערד האָבן זיך צוזאַמענגעגאָסן אין איין שוואַרצער מאַסע און דער וואַגאָן איז אַרייַן צווישן צוויי מויערן ערד. פֿאַר די אויגן איז געוואָרן שוואַרץ, גאָר שוואַרץ, און אין דער שוואַרצקייט האָט זיך עפּעס גערודערט, געלאָפֿן,

something was rustling in the darkness, and running, but God knows where to!

Yitskhok turned to Mendl the Merchant, and said very quietly, "Reb Mendl?"

But Reb Mendl was asleep. "Reb Mendl?" he said again and tugged at his arm.

"What?"

"What happens if the train crashes?"

Reb Mendl didn't answer and leaned back in his seat again.

"Then it's all over, right?" asked the boy, as if to himself . . .

Reb Mendl was snoring.

ווער ווייסט וווּהין.

יצחק דרייט זיך אויס צו מענדל סוחר און רעדט גאָר שטיל:

— ר׳ מענדל ?

נאָר ר׳ מענדל דרעמלט.

— ר׳ מענדל? — זאָגט ער נאָך אַ מאָל און ציט אים בײַם אַרבל.

— וואָס?

— וואָס איז, אַז די קאָליע פֿאַלט אום ?

ר׳ מענדל ענטפֿערט נישט און לענט זיך צוריק אָן אויף דער באַנק.

— גייט די וועלט אונטער ? יאָ ? — פֿרעגט דאָס קינד ווי צו זיך אַליין.

ר׳ מענדל שנאָרכט.

IV

They emerged from the train station around eleven o'clock. Yitskhok's sleepy eyes weren't quite open yet. The light was glaring. On all sides buildings towered over bustling streets full of carriages. It was only when Yitskhok was already sitting on a carriage that he remembered he was going to see his father, and he felt a weight on his heart, an uneasiness, a sense of heavy anticipation. They rode through countless streets, and every time the coachman took a new street, Yitskhok was glad that the ride would last a little longer. He closed his eyes and pretended to be asleep.

-4-

אַרום עלף איז מען אַרויס פֿון וואָקזאַל. יצחקס פֿאַר־שלאָפֿענע אויגן האָבן זיך אַלץ נאָך נישט געקאָנט אין גאַנצן עפֿענען. די ליכט האָבן געבלענדט די אויגן. פֿון אַלע זײַטן זײַנען געשטאַנען זייער הויכע הײַזער און דראָזשקעס זײַנען געווען גאָר אַ סך. ערשט זיצנדיק אויף דער דראָזשקע האָט זיך יצחק דערמאָנט, אַז ער פֿאָרט צום טאַטן, און זײַן האַרץ האָט אָנגעהויבן צו קלעמען אַן אומרויִקייט, עפּעס אַ שווערע דערוואַרטונג. מען איז דורכגעפֿאָרן אַ סך גאַסן, און יעדעס מאָל, אַז דער פֿור־מאַן האָט גענומען אין אַן אַנדער גאַס אַרײַן, איז יצחק צופֿרידן געווען, וואָס ס׳וועט געדויערן נאָך אַ ביסל לענגער. ער האָט זיך געמאַכט שלאָפֿן און פֿאַרמאַכט די אויגן.

When they reached the gate they rang the bell as rain poured down on their faces. A cold wind blew on Yitskhok's new overcoat, and his bundle of clothing became wet. He could hear the sound of footsteps inside, and the jangle of keys. The door opened and Yitskhok held his breath:

"Now!"

A Gentile in a cap with a brass visor slammed the gate closed and the sound rang out all around. They walked up the steps. Yitskhok could barely stand upright and could not see what was going on around him. He could only feel Mendl's large, heavy hand around his, and the feeling was oppressive. Reaching the door, Mendl knocked several times. There was the patter of bare feet inside, and a voice called out: "*Kto tam*?"

Yitskhok recognized his father's voice and let out a sigh of relief.

But Mendl, hearing the footsteps, hurried down the stairs on his tiptoes, whispering back to Yitskhok:

"Stay there!"

בײַם טויער ציט מען בײַם מעשל. עס קלינגט. דער רעגן קאַפּעט דערווײַל אויפֿן פּנים. אַ קאַלטער ווינט בלאָזט אויף דעם נײַעם פּאַלטנדל און דאָס פּעקל וועש ווערט פֿײַכט. עס דערהערן זיך פֿון אינעווייניק טריט און אַ געקלאַנג פֿון שליסלען. דאָס טויער עפֿנט זיך, און צחקן פֿאַרהאַלט זיך דער אָטעם :

— איצט...

אַ גוי מיט אַ מעשענעם דאַשיק פֿאַרהאַקט דאָס טויער. עס הילכט אַרום און אַרום. זיי גייען אַרויף אויף די טרעפּ. יצחק שלעפּט קוים נאָך די פֿיס און זעט נישט, וואָס ס׳טוט זיך אַרום אים. ער פֿילט נאָר מענדלס שווערע גרויסע האַנט אַרום זײַנער און דאָס געפֿיל איז ביז גאָר שווער. בײַ דער טיר קלאַפּט, מענדל אַ פּאָר מאָל. עס הערן זיך טריט פֿון באָרוועסע פֿיס. מען פֿרעגט :

— קטאָ טאַם?

יצחק דערקענט דעם פֿאָטערס קול און זיפֿצט אָפּ לײַכטער.

נאָר מענדל, דערהערנדיק די טריט, לויפֿט שנעל אַראָפּ פֿון די טרעפּ אויף די שפּיץ פֿינגער און זאָגט יצחקן :

— בלײַב דאָ !

Yitskhok stayed stock-still, afraid even to breathe. It was dark all around him.

"*Kto tam*? Who's there?" The voice repeated behind the door.

Then another voice, a woman's, called out from further inside.

"Open the door, you idiot, what are you waiting for?"

The door opened and Yitskhok was confronted by a pair of white long-johns. His father bent over, stood back upright, and asked in a fearful tone:

"Yitskhok, is that you?"

"For God's sake close the door, what's going on?" came the voice from the next room. Yitskhok stepped inside. The door closed behind him and the voice asked again angrily. His father did not respond; he scratched his head and breathed heavily.

Yitskhok stayed standing in the first room while his father went into the other, where a dim light was shining.

Soon he heard shouting:

"The last thing I need is one of your bastards! He can sleep on the streets for all I care…" This

יצחק בלײַבט שטײן שטיל, האָט מורא צו אָטעמען. אַרום איז פֿינצטער.

— קטאָ טאַם ? — דערהערט זיך נאָך אַ מאָל הינטער דער טיר.

— עפֿן, שלימזל ! וואָס שטייסטו ?

די טיר עפֿנט זיך. יצחק דערזעט אַ פּאָר װײַסע גאַטקעס. דער טאַטע בײגט זיך אײַן, שטעלט זיך צוריק אויף און פֿרעגט מיט אַ דערשראָקענעם קול :

— יצחק, דו ?

— צו אַל די שוואַרצע יאָר! מאַך צו די טיר ! וואָס איז דאָס ? — הערט זיך פֿון דער אַנדערער שטוב.

יצחק גייט אַרײַן. די טיר פֿאַרמאַכט זיך. דאָס קול פֿון דער אַנדערער שטוב פֿרעגט נאָך אַ מאָל. שוין בײז. דער פֿאָטער ענטפֿערט נישט, קראַצט זיך איבערן קאָפּל און אָטעמט שווער.

באַלד דערהערן זיך פֿון דאָרטן געשרייען :

— דײַנע ממזרים ברויך איך נאָך! זאָל ער גיין ברעכן הענט און פֿיס...

נאָך דעם שיטן זיך ווידער קללות, געשרייען, און אין מיטן שווימט אַרויס דעם טאַטנס קול :

— ביילע, ביילע !

was followed by a stream of curses, screams, his father's voice discernable amid the racket: "Beyle, Beyle," so soft and pleading that it was pitiful.

The shouting lasted a long time. Yitskhok stood beside the trunk and was afraid to move a muscle. His mind was a blank. He did not think, did not want to think . . . the curses and screams from the next room battered their way into his head through his ears like a barrage of small stones pelting him without cease . . . He grew tired; resting his head against the trunk, he covered his ears with both hands.

The shouting grew quieter, like thunder at the end of a rainstorm giving way to muted, fragmented curses, groans, and sighs. His father came in. Grabbing Yitskhok by the hand he led him into the room. A woman's head in a white bonnet rose from a pillow and asked:

"Where is he going to sleep? If you insist on having him . . ."

Yitskhok was on the verge of tears. His father continued:

"Beyle, Beyle, please, Beyle . . . I'll put him in Rivke's cot, Beyle, please . . ."

און דעם טאַטנס קול איז אַזוי ווייך. ער בעט זיך אַזוי. ס׳איז אַ רחמנות.

די געשרייען געדויערן לאַנג. יצחק שטייט בײַם קאַסטן און האָט מורא זיך צו דירן פֿון אָרט. ער קלערט נישט און טראַכט נישט, און וויל נישט קלערן און טראַכטן... און די געשרייען און די קללות פֿון דער אַנדערער שטוב שלאָגן אים אין קאָפּ אַרײַן דורך די אויערן. ווי אַ פֿאַליע דראָבנע שטיינדלעך, וואָס שיט זיך און שיט זיך און הערט גאָר נישט אויף... ער ווערט מיד, לענט אָן דעם קאָפּ אויפֿן קאַסטן און פֿאַרשטאָפּט זיך מיטביידע הענט די אויערן.

די געשרייען ווערן שטילער, ווי דונערן צום סוף רעגן. עס הייבן זיך אָן שטילע, אָפּגעהאַקטע קללות, קרעכצן און זיפֿצן. דער טאַטע קומט אַרײַן. אַ קאָפּ אין אַ ווײַסער הויב דערהייבט זיך פֿון קישן און פֿרעגט :

— ווו וועסטו אים ליגן, אַז ס׳זאָל דיך...

יצחק וויל וויינען. ער קאָן נישט. דער טאַטע רעדט אַלץ :

— ביילע, ביילע, כ׳בעט דיך, ביילע... כ׳וועל אים ליגן צו רבֿקהן אין בעטל אַרײַן... ביילע, כ׳בעט דיך...

— לייג דיר אים אויפֿן קאָפּ... —און דער קאָפּ אין דער הויב דרייט זיך אויס צו דער וואַנט.

דער פֿאָטער טוט יצחקן אויס, לייגט אים אין בעטל אַרײַן און גייט אַליין צוריק אין זײַן בעט.

"Hang him upside down for all I care," and with that the bonnet-clad head turned back toward the wall.

Yitskhok's father undressed him, laid him down in the cot and returned to his own bed.

The house was still, save for his father's occasional sigh. A small lamp burned, and the wall and floor were awash with fearful shadows. Yitskhok lay quietly, unmoving.

It was only when he thought everyone was asleep that he allowed himself to move his hands brushed against his own leg. It felt as though he had found some new part of his own body. He moved his hand to touch his other leg, and both legs now felt to him entirely superfluous. He fantasized about being small, very small, the size of an apple which could be hidden anywhere. But a little while later he turned his head and saw in front of him a pillow-full of black hair and a child's face with deep red lips. The child breathed slowly, peacefully, and Yitskhok's heart grew light and blissful.

He remembered his younger brother who had died and now lay buried in the earth. When he had shared a bed with him, the blanket

אין דער שטוב איז שטיל. טייל מאָל נאָר גיט דער טאַטע אַ קרעכץ. אַ קליין לעמפּל ברענט, און די ווענט און די פּאָדלאָגע זײַנען פֿול מיט מוראדיקע שאָטנס. יצחק ליגט רויִק, רירט זיך נישט פֿאַר אַ לאַנגע ווײַלע.

ערשט ווען ער איז זיך משער, אַז אַלע שלאָפֿן, דערלויבט ער זיך צו באַוועגן די האַנט און טרעפֿט אויף זײַנס אַ פֿוס. עפּעס דאַכט זיך אים, אַז ער האָט געפֿונען אין זײַן גוף גאָר אַ נײַע זאַך. ער רירט זיך צו מיט דער האַנט צום אַנדערן פֿוס און ביידע פֿיס זעען אים איצט אויס גאָר לגמרי איבעריק. אים דאַכט זיך, אַז ס׳וואָלט גענוג געווען, ער זאָל קליין זײַן, גאָר קליין ווי אַן עפּעלע, וואָס מ׳קען באַהאַלטן ווו מ׳וויל.

נאָר אין אַ ווײַלע אַרום דרייט ער אויס דעם קאָפּ און דערזעט אַ פֿולן קישן שוואַרצע האָר און אַ קינדיש פּנים מיט גאָר רויטע ליפּן. דאָס קינד אָטעמט רויִק, פּאַמעלעך. אים ווערט גאָר פֿריילעך און לײַכט אויפֿן האַרצן.

אים דערמאָנט זיך זײַן ברודערל, וואָס איז געשטאָרבן און ליגט באַגראָבן אין דער ערד. אַז ער איז געשלאָפֿן מיט אים, האָט זיך אויך די קאָלדרע אַזוי גערירט אַרויף און אַראָפּ, אַרויף און אַראָפּ... ער רוקט זיך צו נענטער, רירט אָן די האָר, רירט זיך צו צום שטערן. ער וויל בעסער אָנקוקן דאָס פּנים, קניט אַנידער אין בעט און בייגט זיך צו, און דאָס קליינע

had also moved gently up and down, up and down... he inched closer, and touched the hair, touched the forehead; he wanted to get a better look at the face. He rose to his knees and bent forward and the little face slept and slept, breathed and breathed. He leaned forward again and pressed his lips to the forehead, repeating the words:

"I love you so much, I love you so much, so much..."

At this the girl awoke with a start and burst into tears. The racket filled the house, and his father called out: "What's going on?" The woman in the bonnet screamed and cursed, and the girl began to cry louder still. She cried and pointed a finger at Yitskhok:

"He... he... *Mameshi*..."

"What did he do to you?" asked the woman.

"Here, here..." the girl pointed to her cheek.

The mother picked the girl up and brought her into the next room, glaring angrily at Yitskhok. Left alone once again he felt very sad. He was afraid to cry, to afraid even to let out a sigh. It was only when he drifted off to sleep that the sigh wrenched itself from his chest.

פֿינימל שלאָפֿט און שלאָפֿט, אָטעמט און אָטעמט. ער בייגט זיך צו צו זײַנע ליפּן, קושט דאָס פֿינימל וואָס אַ מאָל שטאַרקער און חזרט :

— ב׳האָב דיך אַזוי ליב, כ׳האָב דיך אַזוי ליב, אַזוי ליב...

נאָר דאָס מיידעלע כאַפּט זיך אויף מיט אַ הויך געוויין. אין שטוב ווערט אַ גערודער. דער טאַטע פֿרעגט זיך, וואָס דאָס איז. די הויב שרײַט און שעלט, און דאָס מיידל הייבט נאָך העכער אָן צו וויינען. זי שרײַט און ווײַזט אָן מיטן פֿינגער אויף יצחקן :

— ער... ער... מאַמישי...

— וואָס האָט ער דיר געטאָן ? — פֿרעגט דער קאָפּ אין דער הויב.

— דאָ, דאָ... — ווײַזט דאָס מיידל אָן מיט דער האַנט אויף דער באַק.

די מוטער גייט אַראָפּ, נעמט דאָס מיידל צו זיך אין בעט אַרײַן.

אַ פּאָר בייזע אויגן קוקן אָן יצחקן. ער בלײַבט אַליין. אים ווערט זייער טרויעריק. ער האָט מורא צו וויינען, אָפּצוזיפֿצן. ערשט, אַז ער ווערט אַנטשלאָפֿן, רײַסן זיך די זיפֿצן אַרויס פֿון דער ברוסט.

He dreamed that he had found a pile of coins under the wardrobe. He grabbed and grabbed but the more he took, the more coins there were. His pockets were already overflowing; he shared them with his mother and father, and they were both so happy that the hard times were behind them, and that they would never ever have to divorce. All of them sat around the table counting the money. Yitskhok kept handing them more and more, his mother smiled, his father too, and Yitskhok clapped his hands: "There we go, that's how it should be!"

Yitskhok smiled in his sleep.

געחלומט האָט זיך אים, אַז ער האָט אונטער דער שאַנק געפֿונען אַ סך געלט. ער נעמט און נעמט, און עס ווערט אַלץ מער. ער האָט שוין אָנגעלייגט פֿולע קעש־ענעס, איַינגעטיילט דער מאַמען און דעם טאַטן אַ סך, און ביידע האָבן זיך געפֿרייט, אַז ס׳וועלן שוין נישט זען קיין ביטערע צײַטן, און זיי וועלן זיך שוין קיין מאָל, קיין מאָל נישט גטן. זיי זײַנען געזעסן בײַם טיש און געציילט דאָס געלט. יצחק האָט דערלאַנגט און דערלאַנגט. די מאַמע האָט געשמייכלט, דער טאַטע אויך, און יצחק האָט געפּאַטשט אין די הענט :

— אָט אַזוי, גוט אַזוי...

ער שמייכלט אין חלום.

V

First thing the next morning his father brought him to the train and tasked a stranger with making sure he got off at the right station. He slept the whole way and arrived in Jaltow at dusk on a carriage. He did not go straight home and tried to go to *kheyder*, but on the way he bumped into Mendl's wife who sent word home to his mother that Yitskhok had arrived. He waited in Mendl's shop until the maid came and led him home by the hand.

His mother was there to meet him at the door and a man with a black beard and a velvet hat poked his head around the doorframe from

-5-

באַלד אין דער פֿרי האָט אים דער טאַטע אַראָפּגע־פֿירט צו דער באַן און האָט אים איבערגעגעבן אַ מענטשן, אַז ער זאָל אים אַראָפּלאָזן בײַ דער סטאַנציע. אַ גאַנצן וועג איז ער געשלאָפֿן און איז אָנגעקומען אין יאַלטאָווו פֿאַר נאַכט מיט אַ בעל־עגלה. ער איז נישט באַלד אַהיימגעגאַנגען און געוואָלט גיין אין חדר אַרײַן, נאָר אויפֿן וועג האָט אים באַגעגנט מענדל סוחרס ווײַב און האָט אַהיימגעשיקט אָנזאָגן דער מאַמען, אַז יצחק איז געקומען. געוואַרט האָט ער בײַ מענדלען אין געוועלב. באַלד איז די דינסט געקומען און האָט אים אַהיימגעפֿירט בײַ דער האַנט.

בײַ דער טיר האָט אים באַגעגנט די מאַמע און אַ ייִד אין אַ סאַמעטן היטל מיט אַ שוואַרצער באָרד האָט אַרײַנגעבויגן דעם קאָפּ פֿון דער אַנדערער

the next room. Seeing his mother, Yitskhok ran to her, buried his head into her lap and began to sob uncontrollably. His mother turned to the man and started to cry too. The man backed away from the door and began to pace back and forth in the next room, each footstep a hammer blow to the boy's heart.

שטוב. דערזעענדיק די מאַמע, איז יצחק צוגעפֿאַלן צו איר, איַינגעטוליעט דעם קאָפּ אין איר שויס און האָט אָנגעהויבן הויך צו וויינען. די מאַמע האָט אויסגעדרייט דעם קאָפּ צום ייִד און האָט אויך אָנגעהויבן צו וויינען. דער ייִד איז אַוועק פֿון דער טיר און האָט אָנגעהויבן צו שפּרייַזן אַרויף און אַראָפּ אין דער אַנדער שטוב, און יעדער טריט זייַנער האָט ווי מיט אַ האַמער אָפּגעשלאָגן אין קינדס האַרצן.

GLOSSARY

Gemora (גמרא/*gemore*)
Also spelled Gemara. Part of the Talmud comprising rabbinical analysis of and commentary on the Mishnah.

Kheyder (חדר/*kheyder*)
Also spelled Cheder/Heder. Traditional Jewish religious school for boys from around age five up to Bar Mitzvah. Study centers on learning Hebrew and the first five books of the Torah.

Rebbe (רבי/*rebe*)
Here: a teacher in a kheyder. More broadly a rebbe can be a spiritual leader/mentor or Hasidic rabbi.

Rebbetsin (רביצין/*rebetsn*)
The wife of a rebbe. Here: the teacher's wife.

Shabbes [שבת/*shabes*]
Also spelled Shabbos/Shabbat. The Jewish Sabbath. Beginning at sundown on Friday evening and ending on Saturday evening at dusk. Traditionally observant Jews are forbidden from all forms of work on Shabes, including handling money, writing, travelling or making fire.

Shames [שמש/*shames*]
The caretaker of a synagogue. Often translated as beadle or sexton.

Shikse [שיקסע/*shikse*]
Also spelled shiksa. Non-Jewish girl or woman (Pejorative).

HERSH DOVID NOMBERG

Hersh Dovid Nomberg was born in Mszczonów (Yiddish: Ashminov) a market town about thirty miles from Warsaw. Orphaned at a young age, he was raised by his maternal grandfather in a devoutly religious milieu. He began publishing poems and short stories around 1900 in both Yiddish and Hebrew and was considered one of the most influential Yiddish writers of his generation. Nomberg died at the age of 51, having suffered from chronic lung problems for most of his life.

Nomberg in English Translation

Warsaw Stories, White Goat Press, 2019.

A Cheerful Soul and Other Stories, Snuggly Books, 2021.

Ollie Elkus was a 2020 Yiddish Book Center Translation Fellow and is currently in the process of publishing his first full length translation, Yitzkhok Horowitz's *My Father's Tavern*, with Naydus Press. He is a Yiddish translator of printed prose and poetry as well as handwritten letters and postcards, but he also likes to bake bread, play drums, and drink tea. He can be reached through his website ohelkustranslations.com or by emailing him directly at ollieelkus@gmail.com.

Daniel Kennedy is a translator based in France. His translations include Zalman Shneour's *A Death: Notes of a Suicide* (Wakefield Press, 2019) and Hersh Dovid Nomberg's *Warsaw Stories* (White Goat Press, 2019) and *A Cheerful Soul and Other Stories* (Snuggly Books, 2021).

FARLAG

Farlag Press is an independent publisher run by a collective of translators and literature-lovers. We prioritise translations from stateless and minority languages, as well as the writings of exiles, immigrants and other outsiders.

We are a strictly for-loss company, though we are registered as a non-profit association in France.

www.farlag.com

Available Titles:

Moyshe Nadir *Messiah in America (A Drama in Five Acts)*
Translated by Michael Shapiro
144pp
ISBN: 9791096677047

Hersh Dovid Nomberg *À qui la faute ?* ווער איז שולדיק
(Édition bilingue: yiddish/français)
Traduit par Fleur Kuhn-Kennedy
66pp
ISBN: 9791096677085

Forthcoming titles:

Zusman Segalovitsh *Tsilke the Wild*
Translated by Daniel Kennedy

www.ingramcontent.com/pod-product-compliance
Ingram Content Group UK Ltd.
Pitfield, Milton Keynes, MK11 3LW, UK
UKHW041943230426
12048UKWH00008B/97

9 791096 677092